犬《いぬ》にかまれたチイちゃん、動物《どうぶつ》のおいしゃさんになる

今西乃子　作
あたちたち　絵

岩崎書店

このお話《はなし》は、ほんとうにあったできごとをもとに
書《か》かれました。
主人公《しゅじんこう》、チイちゃんのモデルになった先生《せんせい》は、
いまも、動物《どうぶつ》のおいしゃさんとして
かつやくしています。

もくじ

チイちゃんの夏休《なつやす》み

その日《ひ》のあさ、チイちゃんは、うんと早《はや》くに目《め》がさめました。

時計《とけい》はまだ5時《じ》をさしていますが、夏《なつ》の太陽《たいよう》はすでにのぼって、まどの外《そと》はすっかりあかるくなっています。

家《いえ》のなかはとてもしずか……。お父《とう》さん、お母《かあ》さん、お兄《にい》ちゃんは、まだねむっているようです。

いつも、やんちゃで元気《げんき》いっぱいのチイちゃんですが、けさはますますパワーぜんかい！

新幹線《しんかんせん》にのって、お父《とう》さんといっしょに、大《だい》すきなおじいちゃんとおばあちゃんの家《いえ》にあそびに行《い》く日《ひ》だからです。

大《おお》きくのびをしてベッドからとびおりると、チイちゃんは、飼《か》っているザリガニが入《はい》っている水《すい》そうをのぞきこみました。

「ザリー！　おはよう！　今日《きょう》からおるすばんだね。さびしいけどがまん、がまんだよ」

ザリーとはザリガニの名前《なまえ》のことです。

チイちゃんは、近《ちか》くの田《た》んぼの水路《すいろ》でつってきたザリーをとてもかわいがっていました。ザリーのおせわもチイちゃんの仕事《しごと》です。でかける前《まえ》に水《すい》そうの水《みず》をきれいにしなくてはなりません。チイちゃんはパジャマをきたまんま、ザリーを水《すい》そうからとりだし、もってきたバケツのなかに入《い》れて、つくえの上《うえ》にあった教科書《きょうかしょ》でフタをしました。ザリガニは脱走《だっそう》の名人《めいじん》！　フタをしないと、わずかな時間《じかん》でも、たちまちにげだしてしまうのです。

チイちゃんは、小《ちい》さな水《すい》そうを「うんしょ！」とりょう手《て》でもちあげると、おふろ場《ば》に行《い》き、水《みず》をぬいて、水《すい》そうをきれいにあらってから、カルキをぬいた新《あたら》しい水《みず》を入《い》れました。

「ようし！　きれいになったぞ！」

そうじもなれたものです。きれいになった水《すい》そうをもって部屋《へや》にもどると、バケツにかぶせておいた教科書《きょうかしょ》がゆかにおちています。

「あー！　まただ！」

ザリーが、バケツから脱走《だっそう》したのです。

「ザリー！　どこにいったの～？」

すると、ドアがすこしあいていたとなりの部屋《へや》から「ぎゃー！」という、お兄《にい》ちゃんの声《こえ》がきこえてきました。

ザリーの脱走先《だっそうさき》は、３歳年上《さいとしうえ》のお兄《にい》ちゃんの部屋《へや》です。

チイちゃんが、あわてておお兄《にい》ちゃんの部屋《へや》に入《はい》ると、ザリーはお兄《にい》ちゃんのベッドの上《うえ》にのって、ハサミをふりかざしているではありませんか――。

「チイちゃん！　早《はや》く、ザリーを逮捕《たいほ》しろ！」

ザリーがハサミで、お兄《にい》ちゃんのおしりをはさんだらたいへんです。

チイちゃんは、ザリーがお兄《にい》ちゃんのおしりにぶらさがっているすがたを想像《そうぞう》して、「ぷぷぷぷ！」とわらいながら「確保《かくほ》！」と言《い》って、ザリーを手《て》でひょいっともちあげました。

その悲鳴《ひめい》に気《き》づいたお母《かあ》さんが、お兄《にい》ちゃんの部屋《へや》にやってきました。

チイちゃんは、なにもなかったようにザリーをお母《かあ》さんに見《み》せると、

「お母《かあ》さん！　おはよう！　ザリーのお水《みず》はちゃんとかえたから、お父《とう》さんとあたしがかえってくるまで、わすれないようにザリーにごはん、あげてね！」と言《い》いました。

おじいちゃんの家《いえ》に行《い》くのは、チイちゃんとお父《とう》さんで、お母《かあ》さんとお兄《にい》ちゃんは、おるすばんです。

「ちゃんと、おせわしておくから心配《しんぱい》しないで、はやくパジャマをきがえなさい」

チイちゃんは「はあい！」と元気《げんき》よくへんじをして、自分《じぶん》の部屋《へや》にもどり、ザリーをきれいになった水《すい》そうにもどしました。

「ザリー、脱走《だっそう》しないで、おとなしくおるすばんしてなよ」

やさしく言《い》うと、ザリーの入《はい》った水《すい》そうをなでなでしてから水《すい》そうのふたをしっかりとしめました。

「これで、よし……と」

チイちゃんは、フタのしまりぐあいをもう一度《いちど》たしかめると、洋服《ようふく》にきがえて、ザリーがすこしでもいごこちがいいようまどをあけました。ザリガニはあつさがにがてなのです。

この春《はる》、小学校《しょうがっこう》3年生《ねんせい》になったチイちゃんは、小《ちい》さいころから動物《どうぶつ》が大《だい》すきです。

学校《がっこう》のかえりに家《いえ》の近《ちか》くの田《た》んぼや川《かわ》にいって、カエル、どじょう、ザリガニなどをつかまえては大事《だいじ》に飼《か》っていました。

世話《せわ》がめんどうくさいなんていちども思《おも》ったことはありません。

学校《がっこう》でイヤなことがあっても、動物《どうぶつ》たちを見《み》ているだけでたのしくて、イヤなことはすぐにわすれてしまいます。

やんちゃで、どろんこあそびがすきで、ヘビだろうと、カエルだろうと、カマキリだろうと、動物《どうぶつ》ならなんでも友達《ともだち》になりたいチイちゃん。

学校《がっこう》の友達《ともだち》とあそぶのも大《だい》すきでしたが、ことばを話《はな》さない動物《どうぶつ》たちは、学校《がっこう》の友達《ともだち》とはまったくちがったたのしみをチイちゃんにくれました。

でも……、動物《どうぶつ》が大《だい》すきなだけに、悲《かな》しいこともたくさんありました。

それは、動物《どうぶつ》が死《し》んでしまったときのことです。

おさないころ飼《か》っていた金魚《きんぎょ》も鳥《とり》もカブトムシもみんな死《し》んでしまいました。

それだけではありません。学校《がっこう》のかえり道《みち》のとちゅうで電線《でんせん》からおちて死《し》んでいたスズメ、うずくまったまま動《うご》けなくなって死《し》んでしまったハト……。生《い》き物《もの》がつぎつぎ死《し》んでいくことがとても悲《かな》しくてしかたがなかったのです。

そのたびに「生《い》きているものって、いつかはかならず死《し》んでいっちゃうんだなあ……」とかんがえていたのです。

水《すい》そうのなかで元気《げんき》にしているザリーも、いつか死《し》んでいくのでしょう。

でも、今《いま》はそんなことはかんがえていられません。今日《きょう》からたのしいことがたくさんまっているのです。

そう思《おも》うと、きゅうに元気《げんき》がもどってきました。

「悲《かな》しいことは、心《こころ》のひきだしにしまってロック！」

チイちゃんは大《おお》きな声《こえ》でそう言《い》うと、おじいちゃんの家《いえ》で飼《か》っている「クロ」と「アカ」のことをかんがえました。

おじいちゃんとおばあちゃんに会《あ》えるのもたのしみでしたが、動物《どうぶつ》が大《だい》すきなチイちゃんのいちばんのおめあては、犬《いぬ》のクロとアカに会《あ》えることだったのです。

チイちゃんは、カブトムシやザリガニや、鳥《とり》ではなく「もっと大《おお》きな動物《どうぶつ》が飼《か》いたい」とずっと思《おも》っていました。

とくに、ふわふわして、すぐ友達《ともだち》になれそうな……犬《いぬ》!

学校《がっこう》のかえり道《みち》で会《あ》う犬《いぬ》は、チイちゃんを見《み》ると思《おも》いきりシッポをふって、大《おお》よろこびしてくれます。

ジャンプして、顔《かお》や手《て》をぺろぺろなめて、よろこびを全身《ぜんしん》で、あらわしてくれるのです。

そのすがたは「きみのことが大《だい》すき！」と言《い》ってくれているようで、いっしょにいるだけで心《こころ》がぽかぽかになります。

おじいちゃんの家《いえ》のクロとアカも、チイちゃんが大《だい》すきです。

チイちゃんが、おじいちゃんの家《いえ》に行《い》くのは、夏休《なつやす》みとお正月《しょうがつ》だけなのに、クロもアカも、ちゃんとチイちゃんのことをおぼえていてくれて、会《あ》うと大《おお》よろこびするのです。

ザリーもかわいいけれど、カブトムシやザリガニは、チイちゃんを見《み》てもわらってくれません。

「自分《じぶん》も犬《いぬ》を飼《か》いたいなあ」と、いつも思《おも》っていたチイちゃんですが、チイちゃんがすんでいるマンションのルールで犬《いぬ》を飼《か》うことはゆるされていません。

どんなにほしいと思《おも》っていても、飼《か》うことができなかったのです。

でも、おじいちゃんの家《いえ》はちがいます。大《おお》きなお庭《にわ》がある一軒家《いっけんや》で、犬《いぬ》でもネコでも、どんな動物《どうぶつ》でも飼《か》うことができるのです。

そんなわけで、おじいちゃんの家《いえ》に行《い》く夏休《なつやす》みとお正月《しょうがつ》を、チイちゃんはとてもたのしみにしていました。

とくにたのしかったのは、お正月《しょうがつ》より、夏休《なつやす》みです。

お正月《しょうがつ》はお年玉《としだま》がもらえますが、さむい季節《きせつ》には、セミもカブトムシもカエルもいません。ホタルも見《み》ることができません。

お年玉《としだま》より、動物《どうぶつ》がすきだったチイちゃんにとって、夏休《なつやす》みは最高《さいこう》！

クロとアカにも会《あ》うことができて、２頭《とう》のさんぽがてら、昆虫採《こんちゅうさい》集《しゅう》もできるからです。

うれしくて、たのしみで、ねむってなどいられません。けさ、だれよりも早《はや》く目《め》がさめたのは、早《はや》くクロとアカに会《あ》いたいからでした。

おじいちゃんちの犬《いぬ》

東京《とうきょう》からのった新幹線《しんかんせん》がおじいちゃんのすむ町《まち》の駅《えき》につくと、まどの外《そと》に見《み》なれたおじいちゃんとおばあちゃんのすがたが見《み》えました。

お父《とう》さんの仕事《しごと》のつごうで、これまで夜《よる》の新幹線《しんかんせん》にのっておじいちゃんちにきていたチイちゃん。いつも、つくまでに新幹線《しんかんせん》のなかでねむってしまって、ねぼけまなこでおじいちゃんたちに会《あ》っていました。でも、今日《きょう》はお父《とう》さんの仕事《しごと》が休《やす》みなので、いつもよりうんと早《はや》いお昼《ひる》すぎのとうちゃくです。今日《きょう》はまだまだあそべそう！

太陽《たいよう》はあたまのてっぺん！　ますます元気《げんき》がわいてきます。

「わーい！　おじいちゃん！　おばあちゃーん！」

チイちゃんは、新幹線《しんかんせん》をおりると、思《おも》いきり走《はし》って、ふたりにかけよりました。

そこから、ローカル電車《でんしゃ》にのって、おじいちゃんの家《いえ》にむかいます。

近《ちか》くの駅《えき》からすこしあるくと、おじいちゃんの家《いえ》にとうちゃくです。

見《み》なれた小《ちい》さな路地《ろじ》をまがると、おじいちゃんの家《いえ》が見《み》えました。

「クロ！　アカ！」

家《いえ》の門《もん》をあけると、おもての庭《にわ》に元気《げんき》なクロとアカがチイちゃんを見《み》て大《だい》かんげい！

2ひきは、まん丸《まる》なふさふさした大《おお》きなシッポをぶんぶんとふりました。

かわいくてしかたありません。

チイちゃんは、かけよってクロをだきしめました。アカもそれを見《み》て大《おお》よろこびでチイちゃんにジャンプします。

犬《いぬ》ってほんとうにかわいいなあ……。チイちゃんは、おじいちゃんの家《いえ》にくるといつも思《おも》います。

そして、その思《おも》いは2頭《とう》に会《あ》うたびに強《つよ》くなっていくのです。

こんなかわいい動物《どうぶつ》が毎日《まいにち》家《いえ》のなかにいたらどんなにたのしいだろう——。

そう思《おも》いましたが、チイちゃんのマンションでは、犬《いぬ》はかえないのです。こればかりは、どうすることもできません。

「お父《とう》さん！　早《はや》くクロとアカといっしょに、河原《かわら》にあそびにいこうよ！」

毎年《まいとし》、おじいちゃんの家《いえ》にいるあいだは、クロとアカのさんぽはお父《とう》さんとチイちゃんの担当《たんとう》です。

クロとアカは、柴犬《しばいぬ》の血《ち》がまじったミックスの中型犬《ちゅうがたけん》で、とてもかしこい犬《いぬ》なので、小《ちい》さなチイちゃんでもリードをもっておさんぽをすることができます。

チイちゃんの担当《たんとう》はクロで、すこし大《おお》きなアカのリードをもつのはお父《とう》さん。

「ねえ！　お父《とう》さん、早《はや》く！　早《はや》く！　にもつおいて、すぐにおさんぽ行《い》こうよ」

チイちゃんが言《い》うと、お父《とう》さんが言《い》いました。

「チイちゃん！　今《いま》、何時《なんじ》だと思《おも》う？」

チイちゃんは、お父《とう》さんの左《ひだり》うでをぐいっとひっぱって、うで時計《どけい》をのぞきこみ「2時《じ》だよ！　おやつの時間《じかん》はまだ早《はや》いよ。それにおやつはいらない！　さんぽに行《い》きたい！」と、言《い》いました。

「お父《とう》さんはね、おやつのことをしんぱいしてるんじゃないよ。チイちゃん、サンダルをぬいで、はだしでおもての道路《どうろ》をあるいてごらん」

なんのことかさっぱりわかりませんが、お父《とう》さんに言《い》われたとおり、はいていたサンダルをぬいで、アスファルトに足《あし》をつけたとたん……

「アチッチッチ！」

チイちゃんは、とびあがって、すぐサンダルに足《あし》をもどしました。

「ね？　あついだろう？　そのままあるいていたらやけどするかもしれないぞ。チイちゃんはくつをはいているからだいじょうぶだけど、クロもアカも、くつをはいていないんだ。真夏《まなつ》の昼間《ひるま》に犬《いぬ》をさんぽさせることは、犬《いぬ》をいじめているのとおなじことなんだよ。チイちゃんは、今《いま》すぐにでもクロとアカといっしょに走《はし》りまわりたいだろうけど、クロとアカがいたい思《おも》いをすると、チイちゃんも心《こころ》がチクチクするだろう？」

お父《とう》さんに言《い》われて、チイちゃんはハッとしました。自分《じぶん》のたのしみだけかんがえて、クロやアカのことをかんがえていなかったのです。

「それだけじゃない。こんな時間《じかん》に、全身毛《ぜんしんけ》が生《は》えている犬《いぬ》を太陽《たいよう》の下《した》であるかせたらたちまち熱中症《ねっちゅうしょう》になって、たおれてしまうぞ！」

ふと見《み》ると、玄関《げんかん》でチイちゃんを大《だい》かんげいしたクロもアカもあついのか、おじいちゃんがヨシズでつくった屋根《やね》の下《した》に避難《ひなん》してゴロンと横《よこ》になっています。それを見《み》たチイちゃんも、ヨシズの下《した》に入《はい》ってみました。ひなたとはまったくちがいます。そこでサンダルをぬいではだしであるいてみると、アスファルトの上《うえ》とは大《おお》ちがい！　ひかげになっている庭《にわ》のしばふは、きれいに刈《か》ってあって、ふわふわしていて、あつくもなく気持《きも》ちいいくらいです。

ここならクロとアカは、のんびりお昼寝《ひるね》をたのしめます。

気《き》もちよさそうにねている2頭《とう》をながめながら、チイちゃんは、ふと思《おも》いだしました。

これまでの夏休《なつやす》み、おじいちゃんの家《いえ》につくのは夜《よる》で、その日《ひ》は、ねるだけ。

あさのさんぽもすごく早《はや》い時間《じかん》だったし、夕方《ゆうがた》のさんぽもおふろに入《はい》ったあとの夕《ゆう》ぐれどきに行《い》っていました。

「そういえば浴衣《ゆかた》をきて、クロとアカをつれて、線香花火《せんこうはなび》をしに河原《かわら》に行《い》ったこともあったっけ？」

花火《はなび》をする時間《じかん》と言《い》えば、すでにあたりはまっくら。アスファルトもあつくはないはずです。これまでの夏休《なつやす》みのことをつぎつぎと思《おも》いだしたチイちゃんは、クロとアカに「ごめんね……こんな時間《じかん》におさんぽ行《い》こうなんて……」とあやまりました。

それから、チイちゃんは、おじいちゃんからいろいろ犬《いぬ》のことをおそわりました。

犬《いぬ》には、あせをかく穴《あな》が人間《にんげん》のように全身《ぜんしん》になくて、あせをかけるのは足《あし》のうらの肉球《にくきゅう》だけだってこと。人間《にんげん》より地面《じめん》にちかいところに体《からだ》があるので、熱中症《ねっちゅうしょう》になりやすいってこと。

犬《いぬ》があついときにハアハア言《い》うのは、体《からだ》にたまったねつを外《そと》にだすためだってこと。ハアハアが長《なが》くつづくと、ねつがたくさん体《からだ》にたまっているサインなので、すぐにすずしい場所《ばしょ》につれていってあげないとだめだってこと。そして、なにより飼《か》い主《ぬし》さんが犬《いぬ》のことをしっかり勉強《べんきょう》して、いつも犬《いぬ》の気《き》もちをかんがえていっしょにくらさないと、おたがいしあわせになれないってこと。

ふと見《み》ると、ヨシズの下《した》にあるおじいちゃんお手製《てせい》の犬小屋《いぬごや》には、うずまき蚊《か》とり線香《せんこう》もつるされています。

「毛《け》がたくさん生《は》えているのに、犬《いぬ》も蚊《か》にさされたらかゆいんだね……」

おじいちゃんに言《い》うと「かゆいだけじゃなくて、蚊《か》がもってくる犬《いぬ》の病気《びょうき》もあるんだよ」とおしえてくれました。

毎年《まいとし》見《み》ていたことですが、まだおさなかったチイちゃんは、これまでそんなことなど気《き》にもしなかったのです。

「もう3年生《ねんせい》だから、チイちゃんもいろんなことにきょうみがわくんだね！　これからもっと、もっと、いろんなことをして、いろんなことをかんがえなくちゃね」

おじいちゃんが、むぎわらぼうしの上《うえ》からチイちゃんのあたまをなでて言《い》いました。

蚊《か》を介《かい》してうつる犬《いぬ》の病気《びょうき》は「フィラリア症《しょう》」と言《い》って、薬《くすり》で予防《よぼう》しないと死《し》んでしまうこともあると言《い》います。

チイちゃんは、犬小屋《いぬごや》の蚊《か》とり線香《せんこう》を見《み》ながら、ザリガニもそうだけど動物《どうぶつ》を飼《か》うのって、動物《どうぶつ》たちのことをたくさん勉強《べんきょう》して、動物《どうぶつ》の気《き》もちをかんがえてあげることがたいせつなんだなあ……と思《おも》いました。

そう思《おも》うとすぐにさんぽに行《い》きたい気《き》もちはどこへやら……、すずしくなる夕《ゆう》ぐれどきまで、家《いえ》のなかでおやつでも食《た》べようと思《おも》ったとたん、おなかがグーッと鳴《な》りました。

「おなかへったねえ……。ジュースもおやつもたくさんあるから、早《はや》くなかに入《はい》りなさい」

おばあちゃんがわらいながら手《て》まねきして玄関《げんかん》のドアをあけました。

「はーい！」元気《げんき》よくへんじをして、チイちゃんが玄関《げんかん》にむかったそのとき、うら庭《にわ》から「ワンワン！」という犬《いぬ》の鳴《な》き声《ごえ》がきこえてきました。

「あ！　ポチだ！」

うら庭《にわ》には柵《さく》があるので、ポチはこちらにくることはできません。

「チイちゃん、ポチには手《て》をださないようにね……」

毎年《まいとし》、おなじことを注意《ちゅうい》されるので、チイちゃんはだまってうなずくと、柵《さく》ごしにポチに小《ちい》さく手《て》をふって、家《いえ》のなかに入《はい》っていきました。

にもつをおいて、チイちゃんが、もってきたおみやげをおばあちゃんにわたすと、おばあちゃんがつめたいオレンジジュースと、3色《しょく》ダンゴをだしてくれました。

右手《みぎて》にジュース、左手《ひだりて》にダンゴのくしをにぎりながら、チイちゃんはうら庭《にわ》のポチのことをおじいちゃんにききました。

「ポチは、どうしてかむのかなあ……」

おじいちゃんの家《いえ》では、クロとアカ、そして柴犬《しばいぬ》のポチを飼《か》っています。

クロとアカはとても人《ひと》なつこい犬《いぬ》ですが、ポチはおじいちゃん、おばあちゃん以外《いがい》の人《ひと》にはなれず、それ以外《いがい》の人《ひと》がなでようとすると「ガブッ」とかみつくというのです。

そのため、人《ひと》なつこいクロとアカは人《ひと》がよく出入《でい》りするおもての庭《にわ》で、ポチはしらない人《ひと》がとおらないうらの庭《にわ》で飼《か》われていたのです。でもおじいちゃんたちがポチをかわいがっていないわけではありません。ポチも、クロとアカとおなじように家族《かぞく》としてたいせつに飼《か》っていました。

「ねえ、おじいちゃん、ポチはどうしてクロとアカみたいに人《ひと》なつこくないの？　おなじおじいちゃんの犬《いぬ》なのに……」

「おなじお父《とう》さん、お母《かあ》さんの子《こ》でも、チイちゃんとお兄《にい》ちゃんは性《せい》格《かく》がちがうだろう？」

おじいちゃんに言《い》われて、けさ、ザリーを見《み》て大声《おおごえ》をだしていたお兄《にい》ちゃんのことを思《おも》いだし、チイちゃんはまた「ぷぷぷ」とふきだしそうになりました。

「どうしてかなあ……」チイちゃんはストローでジュースをのみながら首《くび》をかしげました。

「どうしてなんだろうね……ポチはこわがりなのかな？　こわいから、よくほえるし、こわいから、すぐかんじゃうんだろうね？」

おじいちゃんが言《い》いました。

「ほんとうに？　ポチってこわがりなの？　おじいちゃん」

「……さあね……。これはおじいちゃんの想像《そうぞう》だよ。ほんとうの理由《りゆう》はポチにきくしかないけど、ポチはしゃべれないからね……」

「ポチの気《き》もちは、ポチにきくしか、ないんだねえ……ポチの気《き》もち、しりたいな」

「じゃあ、今日《きょう》の夕方《ゆうがた》は、クロとアカとさんぽしながら、クロとアカがどんなことをかんがえているか、チイちゃんも犬《いぬ》の気《き》もちになってかんがえてみたら？」

お父《とう》さんが言《い》いました。

時計《とけい》を見《み》ると、４時《じ》をすこしまわったところです。

「まだまだ、アスファルト、あついよね？」

チイちゃんはお父《とう》さんがうなずくのを見《み》ると、のみおわったコップとダンゴのくしを座卓《ざたく》におき、たたみの上《うえ》でゴロンと横《よこ》になりました。

おなかもいっぱい。あさも早《はや》くおきたのでとたんにねむくなってきます。チイちゃんは、い草《ぐさ》のにおいのするたたみの上《うえ》で、ウトウトしながら、「犬《いぬ》の気《き》もちがわかったら、もっと、もっと、なかよくなれるのになあ」と、そのとき思《おも》ったのでした。

チイちゃん、犬《いぬ》にかまれる！

おじいちゃんの家《いえ》で、クロとアカとたくさんあそんだ夏休《なつやす》みはあっというまにおわってしまいました。クロとアカのさんぽ道《みち》ではたくさんの昆虫《こんちゅう》やカエルにもであうことができました。

2学期《がっき》がはじまってもザリーは元気《げんき》でしたが、おじいちゃんの家《いえ》でクロとアカに会《あ》ってから、チイちゃんは、ザリガニより、もっと心《こころ》がつうじあえる犬《いぬ》とあそびたいと思《おも》っていました。

そんなある日《ひ》のこと――。

チイちゃんのお母《かあ》さんは、あさからとてもたのしそう！

あさ早《はや》くにチイちゃんの部屋《へや》にやってくると、

「今日《きょう》、学校《がっこう》からかえったら、お友達《ともだち》の川田《かわだ》さんちにいっしょに行《い》こう！　すごくいいことがまってるよ！」

と言《い》いながらカーテンをシャーッとあけました。

川田《かわだ》さんは、お母《かあ》さんとてもなかのよいお友達《ともだち》です。

「なんで？　大《おお》きなケーキとかたべられるの？」

くいしんぼうのチイちゃんは、まぶしそうにねむい目《め》をこすりながら言《い》いました。

「ケーキなんかよりもっと、もっと、チイちゃんがすきなもの！」

なんだろう――？

その日《ひ》は、学校《がっこう》からかえるとお母《かあ》さんが「まってました！」とばかりに玄関《げんかん》にとびだしてきました。

「さあ！　はやく、はやく！」

チイちゃんはランドセルを背負《せお》ったまま、お母《かあ》さんと手《て》をつなぎ、川田《かわだ》さんの家《いえ》にむかいます。

そして、川田《かわだ》さんの家《いえ》のドアがあいたとたん……。チイちゃんは「あ！」と声《こえ》をあげました。

なんと、そこには、かわいいふわふわのまん丸《まる》な子犬《こいぬ》がいたのです。特大《とくだい》のケーキなんかくらべものになりません。目《め》のまえにいる子犬《こいぬ》は、チイちゃんの心《こころ》をたちまちぽかぽかにしてしまったのです。

「うわあ！　かわいい！　子犬《こいぬ》だあ！　ねえ、お母《かあ》さんかわいいよ。

すっごくかわいい」

そのようすを見《み》ていたお母《かあ》さんも、川田《かわだ》さんもとてもうれしそう！

チイちゃんが大《おお》よろこびで声《こえ》をあげると、子犬《こいぬ》が「ワン！ワン！」と、ほえました。

「マロン！　おいで！」

川田《かわだ》さんが声《こえ》をかけると、マロンはちょこちょこと、こちらの様子《ようす》を見《み》て、遠《とお》まわり

しながら、近《ちか》くにやってきました。

「マロン、ほうら！　チイちゃんにこんにちは！　って言《い》おうね」

川田《かわだ》さんがマロンをだっこして、チイちゃんにそっとさしだしました。

「マロン……こんにちは！」

ドキドキしながら、マロンのあたまをなでようと、手《て》をかざしたとたん……！

「イタ！」とチイちゃんは声《こえ》をあげました。

なんと、マロンのあたまをなでようとしたチイちゃんの手《て》を、マロンがかんだのです。

川田《かわだ》さんがおどろいて、マロンをはなすと、マロンはにげるように部屋《へや》のなかに走《はし》っていきました。

「だいじょうぶ？　ケガは？」

自分《じぶん》の犬《いぬ》がチイちゃんをかんでしまったのですから、川田《かわだ》さんは、気《き》が気《き》ではありません。

チイちゃんはびっくりしてしばらく声《こえ》もでませんでした。

お母《かあ》さんがあわててチイちゃんの手《て》をとり、指《ゆび》を見《み》ると、すこし血《ち》がでています。

それを見《み》た川田《かわだ》さんがあわてて救急箱《きゅうきゅうばこ》をもってきてあやまりました。

「ごめんね……ごめんね……チイちゃん……いたかったでしょう？」

コットンに消毒液《しょうどくえき》をふくませ、チイちゃんの手《て》を消毒《しょうどく》しながら川田《かわだ》さんがもうしわけなさそうに、何度《なんど》も言《い》いました。

それを見《み》ていたお母《かあ》さんが「チイちゃんがいきなり手《て》をだしたから、

きっと、マロンくんがびっくりしたのね……」と言《い》いました。

ケガはたいしたことはありません。

ところが消毒《しょうどく》がおわったとたん、チイちゃんは目《め》からぽろぽろとなみだをこぼしてなきはじめたのです。

川田《かわだ》さんは、ますますびっくり！

チイちゃんを見《み》て、また何度《なんど》もあやまりましたが、チイちゃんは「ちがう……」と言《い》いながら、首《くび》をよこにふりました。

チイちゃんは、かまれた指《ゆび》がいたかったわけではありません。

川田《かわだ》さんや、マロンにおこっているわけでもありません。

マロンがかんだのは、きっと自分《じぶん》がマロンのイヤがることをしたからだと思《おも》ったのです。

大《だい》すきな犬《いぬ》にきらわれてしまったと思《おも》うと、とたんに悲《かな》しくなってきました。

「マロン……ごめんなさい……」

かまれたチイちゃんがあやまったので、川田《かわだ》さんはまたびっくり！

「……あたしが、マロンのイヤがることをしたから……マロン、きっとなでられるのがイヤだったんだと思《おも》う……だから、ごめんなさい……」

そのとき、チイちゃんのあたまのなかに、おじいちゃんの家《いえ》のポチのことが思《おも》いうかびました。ポチもおじいちゃん、おばあちゃん以外《いがい》の、しらない人《ひと》からなでられるのがきっとイヤだったんだ……。そう思《おも》ったのです。

お母《かあ》さんはなにも言《い》わず、やさしくチイちゃんをだきしめました。

「……チイちゃんは、すごくやさしいね……犬《いぬ》にかまれたら、ふつうは犬《いぬ》のことこわくなってきらいになっちゃうのにね……マロンのことゆるしてくれる?」

川田《かわだ》さんがチイちゃんのあたまをなでて言《い》いました。

チイちゃんは、だまってうなずくと「マロンも、あたしのことをきらいにならないでゆるしてくれるかな……」と言《い》いました。

マロンがイヤがることをしたのは自分《じぶん》。だから、わるいのは自分《じぶん》――。

チイちゃんは、マロンの気《き》もちをきいて、なかよくなりたいと思《おも》いましたが、おじいちゃんが言《い》っていたように、犬《いぬ》は話《はなし》をすることができません。

チイちゃんは、ポチのときにもまして「犬《いぬ》の気《き》もちがわかれば、どんなにいいだろう」と思《おも》いました。

話《はなし》ができなくても、犬《いぬ》の目《め》やしぐさで、犬《いぬ》の気《き》もちがわかれば、マロンにもかまれることはなかったはずです。

犬《いぬ》は、人間《にんげん》のように「やめて！」とは言《い》えません。イヤなことをされても、手《て》ではらいのけることもできません。だったら、「やめて！」をどう人間《にんげん》につたえたらいいのでしょう——？

マロンがかんだのは「やめて！」と、チイちゃんにつたえたかっただけなのかもしれません。

かえり道《みち》、チイちゃんはお母《かあ》さんと手《て》をつなぎながら、ばんそうこうがまかれた人《ひと》さし指《ゆび》をながめて、ずっと、ずっと、そのことをかんがえていたのでした。

あたらしい年《とし》があけ、春《はる》がきてチイちゃんは4年生《ねんせい》になりました。高学年《こうがくねん》になったチイちゃんは、昆虫《こんちゅう》や鳥《とり》より、大《おお》きな動物《どうぶつ》にきょうみをもちはじめました。動物園《どうぶつえん》で見《み》るライオンやトラ、馬《うま》もすきでしたが、動物園《どうぶつえん》の動物《どうぶつ》とはなかよくなることはできません。なかよくなれる動物《どうぶつ》と言《い》えば、やっぱり近所《きんじょ》にいる犬《いぬ》やネコです。

チイちゃんは、もっと犬《いぬ》やネコと友達《ともだち》になりたくて、学校《がっこう》の行《い》きかえりにさんぽであう犬《いぬ》や野良《のら》ネコたちに、毎日《まいにち》のように話《はな》しかけました。

ただ、かわいがるだけでなく、なかよくするためには、まず自分《じぶん》から「友達《ともだち》だよ！」とあいてに上手《じょうず》につたえることがたいせつなのです。

おじいちゃんの家《いえ》のクロとアカともますますなかよくなりました。

マロンにかまれた翌年《よくとし》からは、うら庭《にわ》のポチにもたくさん声《こえ》をかけるようになりました。ポチの気《き》もちをすこしでもしりたかったのです。

そのためには、自分《じぶん》がまずポチのことを大《だい》すきだと、ポチにつたえることがたいせつだとチイちゃんはかんがえました。

「ポチ～！　かわいいね！」

「ポチー！　大《だい》すきだよ！」

「ポチ、いい子《こ》だね～！」

おじいちゃんの家《いえ》にいるときは、毎日《まいにち》、何度《なんど》もえがおで話《はな》しかけます。

すると、5年生《ねんせい》になった夏休《なつやす》みのころから、ポチは、チイちゃんを見《み》てもほえなくなったのです。そして、6年生《ねんせい》の夏休《なつやす》みにはチイちゃんを見《み》てシッポをふるようになりました。チイちゃんは大《おお》よろこび！

クロやアカほどポチのシッポがぶんぶんゆれるわけではありませんが、「気《き》もちがつうじたのかも！」「ポチがすこし、自分《じぶん》のことをすきになってくれたのかも！」と、うれしくてしかたなかったのです。

それでも、ポチをなでることはできません。おじいちゃんに「さわってはだめ」と言《い》われていたからです。

「いつかポチをなでられる日《ひ》がくるといいなあ」

でも、小学校《しょうがっこう》を卒業《そつぎょう》して中学校《ちゅうがっこう》に入《はい》ると部活動《ぶかつどう》や勉強《べんきょう》で、これまでのように、ここにくることはできなくなります。

「ポチ、あたしのことわすれちゃうのかな？　またほえるようになるのかな……」

チイちゃんは、ポチをじっと見《み》て、ポチをなでてみようと柵《さく》に手《て》をかけました。

それを見《み》たポチがとつぜん、「ワンワン！」と大《おお》きくほえました。

ポチとなかよくなるには、まだまだ時間《じかん》がかかりそうです。

小学校《しょうがっこう》さいごのお正月《しょうがつ》、おじいちゃんの家《いえ》に行《い》ったチイちゃんは、クロとアカをなでながら「この春《はる》から、中学生《ちゅうがくせい》になるから、これまでみたいにこられなくなっちゃう」と言《い》い、これまで以上《いじょう》にクロとアカといっしょにあそびました。そしてさいごにうら庭《にわ》のポチにも話《はな》しかけました。

「ポチの気《き》もちがうんとわかるようになりたかったな……ポチ、あたしね！　おとなになったら、獣医《じゅうい》さんになるってきめたんだ！　獣医《じゅうい》さんになったらポチやマロンがなんで人《ひと》をかんじゃうのか、わかるようになると思《おも》うよ」

そう言《い》って、すぐに気《き》づきました。

犬《いぬ》の命《いのち》の時間《じかん》は、人間《にんげん》にくらべてうんとみじかいのです。

チイちゃんが、獣医《じゅうい》さんになるころには、ポチは天国《てんごく》に行《い》ってしまっていることでしょう――。

かんがえるとすこし、心《こころ》がチクチクしましたが、ポチのようにかむ犬《いぬ》はこれから先《さき》もたくさんいるはず。獣医《じゅうい》さんになれば、そういった犬《いぬ》たちが人間《にんげん》となかよくできる方法《ほうほう》を見《み》つけられるかもしれない、と、チイちゃんは心《こころ》をふるいたたせました。

「ポチ……、クロ、アカ、またきっとくるよ！」

小学校《しょうがっこう》さいごのお正月《しょうがつ》をおじいちゃんの家《いえ》ですごしたチイちゃんは、3頭《とう》に元気《げんき》いっぱい手《て》をふって、家《いえ》へとかえっていきました。

チイちゃんと馬《うま》

チイちゃんが、中学校《ちゅうがっこう》を卒業《そつぎょう》し、高校《こうこう》に入学《にゅうがく》した春《はる》、お父《とう》さんは仕《し》事《ごと》でとおくの町《まち》に行《い》くことになりました。

チイちゃんたち家族《かぞく》は、お父《とう》さんとしばらくべつべつにくらさなければなりません。

さみしがりやのお父《とう》さんは、毎日《まいにち》のように電話《でんわ》をかけてきて「夏休《なつやす》みに入《はい》ったらこっちの町《まち》にあそびにおいで」とチイちゃんをさそいます。

でも、チイちゃんは「そのうちね」とそっけない返事《へんじ》しかしません。

お年《とし》ごろのむすめになったチイちゃんは、お父《とう》さんのところへあそびに行《い》くより友達《ともだち》とあそんでいたほうがたのしいのです。

チイちゃんにフラれて、がっかりのお父《とう》さんですが、お父《とう》さんも負《ま》けてはいません。

チイちゃんがすぐとんでくる「チイちゃん大作戦《だいさくせん》」を思《おも》いついたのです。

こうしてむかえた高校《こうこう》2年生《ねんせい》の夏休《なつやす》み！

お父《とう》さんから「馬《うま》！」ということばをきいたとたん、チイちゃんは、まるで小学生《しょうがくせい》のように大《おお》よろこびしてとびあがりました。

なんとお父《とう》さんの仕事場《しごとば》ちかくに乗馬《じょうば》クラブがあり、そこに行《い》けば、すきなだけ馬《うま》にのれるというのです。

マンションずまいのチイちゃんがこれまで飼《か》っていたペットといえば、ザリガニ、カエル、昆虫《こんちゅう》、ハムスター、鳥《とり》、など、小《ちい》さな動物《どうぶつ》たちばかりです。

そこにとつぜん「馬《うま》にのる！」という夢《ゆめ》のような話《はなし》がふってわいたのですから、ことわる理由《りゆう》などどこにもありません。

いてもたってもいられなくなったチイちゃんは、ホイホイとすぐに電車《でんしゃ》にのって、お父《とう》さんのはたらいている小《ちい》さな田舎町《いなかまち》へとむかいました。

もちろん、馬《うま》にのるのは生《う》まれてはじめてです。

おとずれた乗馬《じょうば》クラブでは、馬《うま》のお世話《せわ》をしている厩務員《きゅうむいん》のおじさんが、とても親切《しんせつ》に、馬《うま》ののりかたをおしえてくれました。

厩舎《きゅうしゃ》のなかにいる馬《うま》は思《おも》った以上《いじょう》に大《おお》きくて、心臓《しんぞう》がドキドキします。まっていると、茶色《ちゃいろ》い大《おお》きな馬《うま》が、厩務員《きゅうむいん》のおじさんにひかれて、目《め》のまえにやってきました。

「うわあ……！　かわいい！」

チイちゃんが挑戦《ちょうせん》するのは、馬《うま》にのってクラブのグラウンドを2周《しゅう》ほどする「引馬《ひきうま》」です。

「じゃあ、まずこの台《だい》の上《うえ》にのって……」

馬《うま》にのるときは、左側《ひだりがわ》からのるのがきまりです。

チイちゃんは、

おじさんに言《い》われるまま、馬《うま》の左《ひだり》よこにおかれた台《だい》の上《うえ》にのりました。

「まず、左手《ひだりて》で手《た》づなをにぎって、左足《ひだりあし》を足《あし》をかけるわっかのなかに入《い》れて……」

おじさんが説明《せつめい》してくれたとおり、台《だい》の上《うえ》から左足《ひだりあし》をわっかに入《い》れ、わっかのなかの左足《ひだりあし》をじくにとびあがって、右足《みぎあし》を馬《うま》の上《うえ》にまわして馬《うま》の鞍《くら》の上《うえ》にすわります。

これで準備完了《じゅんびかんりょう》！　いっきに景色《けしき》がたかくなってきゅうにえらくなったような気《き》もちです。

思《おも》っていたほどこわくありません。

「じゃあ、行《い》くよ！」

おじさんが馬《うま》を引《ひ》いてあるきだすと、馬《うま》もその速度《そくど》にあわせ、ゆっくりとあるきます。

「この子《こ》の名前《なまえ》、なんていうんですか？」

チイちゃんがきくと、おじさんが「ハヤテって言《い》うんだよ」と言《い》いました。

「ハヤテは何歳《なんさい》ですか？」

「もう20歳《さい》なんだ……。おじいちゃんだね。人間《にんげん》で言《い》うと60歳《さい》はとうにこえてるよ。6歳《さい》まで競走馬《きょうそうば》だったんだ。そのあと、このクラブにきて14年《ねん》ずーっとぼくがめんどう見《み》てきたからねえ……。家族《かぞく》といっしょにいる時間《じかん》より、ハヤテといっしょにいる時間《じかん》のほうがながいくらいだよ」

「えー、そんなおじいちゃんなのに……、人間《にんげん》をのせてあるくのたいへんじゃないかなあ……」

チイちゃんは、ハヤテのことが心配《しんぱい》になってききました。

「馬《うま》も人間《にんげん》も、仕事《しごと》をしていたほうが元気《げんき》なんだよ。それにハヤテは、おじいちゃんだから走《はし》らなくていいよう、はじめてのお客《きゃく》さん担当《たんとう》なんだ。こうしてのんびりあるくぶんには、ハヤテの健康《けんこう》にもいいんだよ」

チイちゃんは、シャキッとせすじをのばしてまえを見《み》ました。

これまで見《み》てきた景色《けしき》とはまるでちがいます。

「はじめてのるにしては上手《じょうず》だね！　こわがって、まえかがみになる人《ひと》もおおいんだけど、馬《うま》にのるときはえらそうなくらいせすじをのばしてのっているほうが、馬《うま》もあるきやすいんだよ」

言《い》われて、気《き》をよくしたチイちゃんは、右手《みぎて》でそっと、ハヤテのせなかをさわってみました。

「そうそう！　なでてあげてもだいじょうぶだよ！　そんなかんじで、そっとなでてあげて」

「ハヤテ、ありがとうね！　いい子《こ》だね！」

チイちゃんは、何度《なんど》もハヤテに声《こえ》をかけました。ぱっかぱっかとあるくハヤテの体《からだ》のリズムがつたわってきます。たのしくてしかたありません。

15分《ふん》の引馬《ひきうま》は、あっというまにおしまいです。

「さいごに、ハヤテにおやつ、ニンジンをあげてくれる？」

おじさんはチイちゃんにニンジンをわたすと「ハヤテがニンジンを半分《はんぶん》、口《くち》に入《い》れたら手《て》をはなしてね。かまれちゃうから」とおしえてくれました。

「ハヤテ、ありがとうね！　はい、ごほうび！」

ニンジンをさしだすと、ハヤテはもぐもぐとニンジンを、ほおばりました。チイちゃんは、言《い》われたとおりハヤテがニンジンを半分《はんぶん》ほど食《た》べたところで手《て》をはなしました。

ニンジンを食《た》べおえると、おじさんが糠《ぬか》をまぜた水《みず》をバケツにもってきて、ハヤテにあたえます。

「馬《うま》も熱中症《ねっちゅうしょう》になるから、あつい季節《きせつ》にはじゅうぶんに水《みず》をのませなくちゃだめなんだよ」

おじさんのことばに、チイちゃんはクロとアカのおじいちゃんのことばを思《おも》いだしました。人間《にんげん》に飼《か》われている動物《どうぶつ》の健康《けんこう》は、すべて人《にん》間《げん》が責任《せきにん》をもって、見《み》てあげなくちゃいけないんだなあ――。そんなことをかんがえてハヤテを見《み》ていると、ハヤテが口《くち》をくちゃくちゃして、あまえるようなしぐさで、厩務員《きゅうむいん》のおじさんに大《おお》きな顔《かお》をすりよせていきました。

そのすがたは馬《うま》のことをなにもしらないチイちゃんが見《み》ても、おたがいを信頼《しんらい》していて、とてもふかいきずなでむすばれているように見《み》えたのです。

なんと言《い》っても14年《ねん》という長《なが》いあいだ、ふたりは毎日《まいにち》いっしょにすごしてきたのです。

きっとハヤテにとって、おじさんは、だれよりも安心《あんしん》できて、だれよりも大《だい》すきな人間《にんげん》なのでしょう。

〝いっしょにいるだけで、おたがいの心《こころ》がぽかぽかになっていくんだなあ……。あたしも、馬《うま》と、そんな友達《ともだち》になってみたい――〟

おじさんとハヤテのすがたを見《み》て、すっかり馬《うま》のとりこになったチイちゃんは、そのまま夏休《なつやす》みのあいだじゅう、牧場《ぼくじょう》で厩舎《きゅうしゃ》のそうじゃ草刈《くさか》りなどのお手《て》つだいをはじめました。

お手《て》つだいをすると馬《うま》にすきなだけのれたからです。

馬《うま》といっしょにいればいるほど、馬《うま》のことをしればしるほど、どんどん馬《うま》がすきになっていきます。

大《だい》すきな厩務員《きゅうむいん》さんを見《み》る馬《うま》のまなざしは、やきもちをやきそうになるほどまっすぐで、やさしくて、きれいです。その目《め》は、どんな悲《かな》しみもつつみこんでくれるほどふかくすみわたっています。動物《どうぶつ》はウソをけっしてつかない生《い》きものです。

「自分《じぶん》も、あんな目《め》で見《み》つめられたら、はなれられないなあ……。ずっと、ずっといっしょにいたいな……」

　それからというもの、お世話《せわ》をしていた馬《うま》が体調《たいちょう》をくずしたときには、ねずにめんどうを見《み》るほどのかわいがりよう。

　馬《うま》と毎日《まいにち》をすごしているうちに、いつしかチイちゃんは、「馬《うま》の獣医《じゅうい》さんになりたい！」とかんがえるようになっていました。

目《め》ざせ！　馬《うま》の獣医《じゅうい》さん！

チイちゃんが目《め》ざす獣医《じゅうい》さんには、大《おお》きくわけて2つのタイプがあります。

ひとつは、牛《うし》や馬《うま》など大型《おおがた》の動物《どうぶつ》をみる「大動物《だいどうぶつ》の獣医《じゅうい》さん」。

もうひとつは、犬《いぬ》やネコなどをみる「小動物《しょうどうぶつ》の獣医《じゅうい》さん」で、街《まち》の動物病院《どうぶつびょういん》の獣医《じゅうい》さんは「小動物《しょうどうぶつ》の獣医《じゅうい》さん」です。

どちらを目《め》ざすにしても、獣医《じゅうい》さんの勉強《べんきょう》ができる大学《だいがく》に入《はい》らなくてはなりません。

チイちゃんのあたまのなかは、高校《こうこう》2年《ねん》の夏休《なつやす》みから「馬《うま》」のことでいっぱいです。

大動物《だいどうぶつ》の獣医《じゅうい》さんになるために、チイちゃんは猛勉強《もうべんきょう》をはじめました。そして、そのねがいがかなって、大学《だいがく》の獣医学部《じゅういがくぶ》にみごと合格《ごうかく》したのです。

大学《だいがく》に入学《にゅうがく》すると、部活動《ぶかつどう》もまようことなく馬《うま》にのれる「馬術部《ばじゅつぶ》」をえらびました。

馬術《ばじゅつ》とは、人《ひと》と馬《うま》がいっしょになっておこなう「競技《きょうぎ》」のことです。大《だい》すきな馬《うま》にのれる競技《きょうぎ》ですからたのしいはずです。でも、いざはじめてみると馬術《ばじゅつ》がすきになれません。

あれほど馬《うま》がすきで、高校生《こうこうせい》のときにたくさん馬《うま》にのっていたのに、

「馬《うま》にのること」と「馬術《ばじゅつ》」は、チイちゃんにとってまるでちがうものだったからです。

馬術《ばじゅつ》は「競技《きょうぎ》」なので「よい成績《せいせき》をとる」ことが目標《もくひょう》となります。よい成績《せいせき》をとるために、馬《うま》にのり、馬《うま》にトレーニングをするのです。チイちゃんにとって、競技《きょうぎ》のための「成績《せいせき》」なんてひつようありません。よい成績《せいせき》をとっても、それは人間《にんげん》のためのもので、馬《うま》にはまったく関係《かんけい》ないのです。

チイちゃんは、すぐ馬術部《ばじゅつぶ》をやめることにしました。

でも……、馬《うま》がすきで、馬《うま》にのりたい気《き》もちにかわりありません。そこで、なかまとそうだんしてお金《かね》をだしあい、馬《うま》を乗馬《じょうば》クラブにあずけながら、自分《じぶん》たちで飼《か》い、すきなときに、自由《じゆう》に乗馬《じょうば》をたのしむことにしたのです。

たいせつなのは、自分《じぶん》も馬《うま》もおたがいがたのしめること――。

自分《じぶん》がたのしくても、馬《うま》がたのしくなくては、それは「たのしい時《じ》間《かん》」にはなりません。

生《い》き生《い》き走《はし》る馬《うま》とすごす時間《じかん》は、心《こころ》がぽかぽかして、チイちゃんにとってはいちばんのやすらぎです。

「馬《うま》の獣医《じゅうい》さんになる！」

馬《うま》にのるたびにその夢《ゆめ》がどんどんふくらみ、チイちゃんはその夢《ゆめ》にむかって、まっしぐら！　このまま熱心《ねっしん》に大学《だいがく》で勉強《べんきょう》をして、獣医師《じゅういし》の国家試験《こっかしけん》に合格《ごうかく》すれば、まちがいなく夢《ゆめ》がかないます。

そうかんがえると、大学《だいがく》で馬《うま》のことを学《まな》ぶのがますますたのしくなってきました。

大動物《だいどうぶつ》の勉強《べんきょう》がある日《ひ》は、あさからワクワク！

今日《きょう》は、牛《うし》や馬《うま》の「繁殖《はんしょく》」にかんする「直検《ちょっけん》」の実習日《じっしゅうび》です。

大動物《だいどうぶつ》の獣医《じゅうい》さんは牛《うし》や馬《うま》に「直検《ちょっけん》」とよばれる直腸検査《ちょくちょうけんさ》をたびたびおこないます。

「直検《ちょっけん》」とは繁殖《はんしょく》のためにメスの馬《うま》や牛《うし》の卵巣《らんそう》の状態《じょうたい》を手《て》でしらべる検査《けんさ》のことです。

獣医《じゅうい》さんが直接《ちょくせつ》馬《うま》や牛《うし》の腸《ちょう》に自分《じぶん》のうでを入《い》れ、卵巣《らんそう》をさわり、卵《たまご》の大《おお》きさをしらべて妊娠《にんしん》できそうな日《ひ》を計算《けいさん》するのです。

この検査《けんさ》をするためには、馬《うま》や牛《うし》の肛門《こうもん》から手《て》を入《い》れて、腸《ちょう》のおくまでうでをぐっとふかくさしこまなければなりません。

まずは牛《うし》です。チイちゃんは検査《けんさ》をするため、さっそく、牛《うし》のうしろにまわりました。心臓《しんぞう》がドキドキしてきんちょうします。見《み》よう見《み》マネで、言《い》われたとおり肛門《こうもん》からうでをぐいっと、腸《ちょう》のおくふかくまでさしこみました。牛《うし》のおなかのなかはあたたかいというよりあついほどです。

「自分《じぶん》は、命《いのち》とかかわる仕事《しごと》をえらんだんだ……がんばらなきゃ……」

牛《うし》の体温《たいおん》をかんじながら、チイ

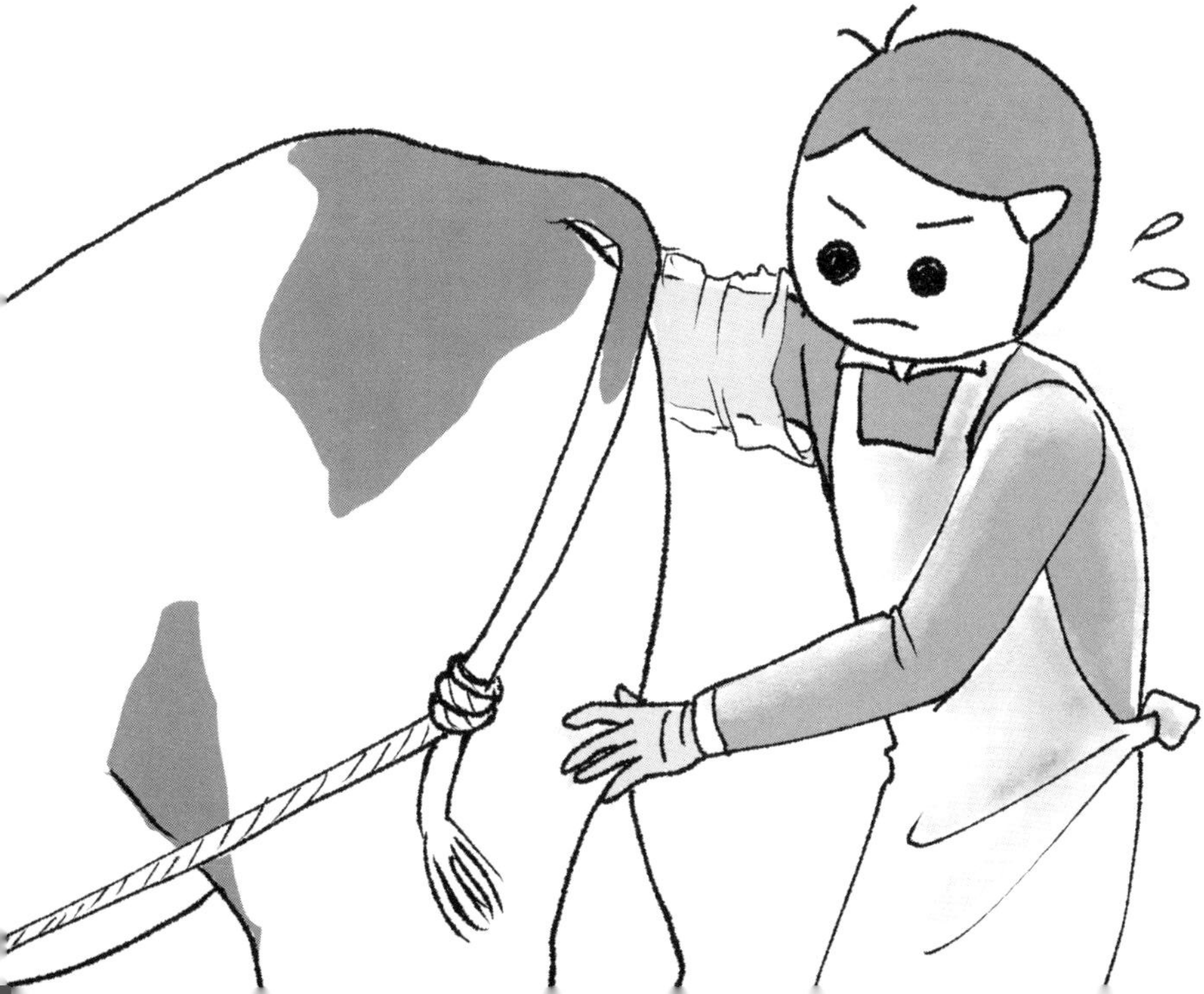

ちゃんは、むねがきゅっとなりました。

牛《うし》のつぎはいよいよ馬《うま》です。

やりかたはおなじなので、さっきほどドキドキしません。

大《だい》すきな馬《うま》の「直検《ちょっけん》」です。ますますやる気《き》がわいてきます。

チイちゃんは「ようし！」ときあいを入《い》れて、馬《うま》の肛門《こうもん》から手《て》をさしこみました。

ところが……、身長《しんちょう》が155センチほどのチイちゃんのうでは、せのたかい馬《うま》の肛門《こうもん》から腸《ちょう》まで手《て》をいれるのがやっとで、卵巣《らんそう》があるところまでとどきません。

牛《うし》は足《あし》がみじかく、せもひくいので卵巣《らんそう》のある場所《ばしょ》まで手《て》がとどきますが、せのたかい馬《うま》の「直検《ちょっけん》」は、どうがんばってもムリです。

チイちゃんはとつぜん、かなづちであたまをガーンとなぐられたような気《き》もちになりました。

これでは、大動物《だいどうぶつ》の獣医《じゅうい》さんとしてたいせつな仕事《しごと》ができません。台《だい》の上《うえ》にのれば手《て》がとどきますが、台《だい》をつかって「直検《ちょっけん》」をすることはできません。あいては大《おお》きな馬《うま》です。けとばされるなどしたら、いちだいじ。ケガだけではすまないのです。

「馬《うま》の獣医《じゅうい》さんになりたくて……、ここまでがんばってきたのに……」

これはかりは、自分《じぶん》の努力《どりょく》ではどうにもなりません。

チイちゃんの大《おお》きな夢《ゆめ》は「体《からだ》がすこし小《ちい》さい」という理由《りゆう》だけで、一瞬《いっしゅん》にしてふきとんでしまったのでした。

かみつき犬《いぬ》・マルとのであい

チイちゃんは夢《ゆめ》をあきらめることができませんでした。

でも何度《なんど》かんがえても、こたえはおなじ。魔法《まほう》つかいでもやってきて、チイちゃんの身長《しんちょう》をのばしてくれないかぎりダメなのです。

馬《うま》のことがあたまからはなれず、もうなにもする気《き》がおこりません。なくだけないたチイちゃん……。馬《うま》のことをわすれるために、どこかとおくに行《い》ってみたくなりました。

そして、ちょっとだけ日本《にほん》をはなれ、アメリカにでかけてみることにしたのです。

おせわになったホームステイさきの家《いえ》では、どの家族《かぞく》も犬《いぬ》を飼《か》っていました。

アメリカ人《じん》は日本人《にほんじん》より犬《いぬ》がすきなようです。

ゴールデン・レトリーバー、ラブラドール・レトリーバー、コリー、ジャーマンシェパードなど、おおくが大型犬《おおがたけん》です。

からだの大《おお》きいアメリカ人《じん》は

やはり大《おお》きな犬《いぬ》がおきに入《い》りなのでしょう。

「これくらいせがたかければ、馬《うま》の直検《ちょっけん》もできたのに……」

ふとかんがえましたが、その思《おも》いをふりきるために、とおいアメリカまでやってきたのです。

さいわい、犬《いぬ》も大《だい》すきだったチイちゃんは、犬《いぬ》のおかげでなれないホームステイさきでも、ホストファミリーとすぐになかよくなることができました。ホストファミリーとのお話《はなし》も犬《いぬ》やネコのことばかり。大《おお》きな犬《いぬ》が家《いえ》のなかで家族《かぞく》といっしょにくつろいでいるのを見《み》て、日本《にほん》とはずいぶんちがうな……と、チイちゃんは思《おも》いました。

当時《とうじ》、日本《にほん》では、おじいちゃんの家《いえ》のクロ、アカ、ポチのように大《おお》きな犬《いぬ》は庭《にわ》で飼《か》われているほうがおおかったからです。

こうして、いくつかのホームステイさきでおせわになり、アメリカ生活《せいかつ》をおえたチイちゃんは、日本《にほん》にかえるさいごの日《ひ》、ニューヨークにすむ日本人《にほんじん》、とし子《こ》さんの家《いえ》にとまることになりました。

とし子《こ》さんはひとりずまいで、マルチーズのマルといっしょにくらしていると言《い》います。

どこの家《いえ》に行《い》ってもアメリカでは、犬《いぬ》・犬《いぬ》・犬《いぬ》です。この国《くに》の人《ひと》にとって、犬《いぬ》は「家族《かぞく》の一員《いちいん》」。動物《どうぶつ》の医学《いがく》も日本《にほん》よりとてもすすんでいました。

ちかくの駅《えき》までむかえにきてくれたとし子《こ》さんといっしょに、とし子《こ》さんのすむマンションに入《はい》り、ろうかをあるいていると「ワンワンワン！」という犬《いぬ》のなき声《ごえ》がきこえてきました。

その声《こえ》をきいたチイちゃんは、小学生《しょうがくせい》のときにあったマロンのことを思《おも》いだしました。

「マル！　おきゃくさんよ」

とし子《こ》さんにまねかれて、部屋《へや》に入《はい》るとマルが「ううううう～……」とうなってチイちゃんを見《み》ています。

「ごめんね……おくびょうなのか、すぐかむクセがあって……」

ふと見《み》ると、とし子《こ》さんの手《て》はキズあとだらけ。

「はずかしいんだけど、マルは気《き》に入《い》らないことがあるとすぐにかみつくの。さんぽに行《い》くときもにげまわって、首輪《くびわ》もリードもつけることができない。ブラッシングもできない。すっごくこまっていて……。

チイちゃん、将来《しょうらい》は、獣医《じゅうい》さんになるんでしょう？　どうすればいい？」

いきなりしつもんされて、チイちゃんは、びっくり！

チイちゃんは獣医《じゅうい》さんになるつもりですが、今《いま》はまだ学生《がくせい》です。マルがかみつく原因《げんいん》も、それをなおす方法《ほうほう》も、まったくわかりません。

こまっているとし子《こ》さんを、たすけてあげることができないのです。

とし子《こ》さんは、大《おお》きなためいきをつくと「マル……おいで！」とマルをよびましたが、マルは、とし子《こ》さんの言《い》うことをまったくきこうとしません。

とし子《こ》さんはさっきより大《おお》きなためいきをまたひとつつきました。

「わたしにとって、マルがたったひとりの家族《かぞく》なのに……」

ひとりぐらしのとし子《こ》さんにとって、マルはいつもそばにいてくれる家族《かぞく》です。そのマルとなかよくできないのは、どんなに悲《かな》しくつらいことでしょう……。

さびしそうなとし子《こ》さんを見《み》て、チイちゃんは、なにもしてあげられない自分《じぶん》にはらがたってきました。

「まだ学生《がくせい》でよくわからなくて……ごめんなさい……」

チイちゃんは、心《こころ》からもうしわけなく思《おも》いました。

クロやアカ、そしてホームステイさきの犬《いぬ》たちのように、とてもフレンドリーで人間《にんげん》とすぐなかよくなる犬《いぬ》ばかりではありません。理由《りゆう》はわかりませんが、ポチやマロン、そしてマルのように人間《にんげん》と上手《じょうず》に友達《ともだち》になれない犬《いぬ》もおおくいるのです。

獣医《じゅうい》さんと言《い》えば、動物《どうぶつ》の病気《びょうき》やケガなどの治療《ちりょう》をするお医者《いしゃ》さんのことばかりあたまにありましたが、飼《か》い主《ぬし》さんを「こまらせる行《こう》動《どう》」をなおせる獣医《じゅうい》さんがいたら、きっとポチやマロン、マルも、飼《か》い主《ぬし》さんと毎日《まいにち》わらってくらせるはずです。

おたがいがなかよくなれれば、人間《にんげん》も犬《いぬ》もしあわせになれます。行《い》きの飛行機《ひこうき》のなかでは、馬《うま》のことばかりかんがえていたチイちゃん。

ところが、かえりの飛行機《ひこうき》のなかで、チイちゃんのあたまのなかをいっぱいにしたのは、馬《うま》ではなく、鼻《はな》にしわをよせてガウガウと、飼《か》い主《ぬし》のとし子《こ》さんをかもうとしていたマルのすがたや、自分《じぶん》の手《て》をかんで、おびえたように走《はし》ってにげたマロンのことだったのです。

かみつき犬《いぬ》が人間《にんげん》となかよくくらせる方法《ほうほう》がきっとあるはずだ！

それには「犬《いぬ》の行動《こうどう》」をうんと勉強《べんきょう》して、犬《いぬ》の気《き》もちがわかるようにならなければなりません。

チイちゃんは「かみつき犬《いぬ》」から獣医《じゅうい》さんとしての、大《おお》きな大《おお》きなヒントをもらったのでした。

チイちゃん先生《せんせい》の診察室《しんさつしつ》

大学《だいがく》を卒業《そつぎょう》したチイちゃんは獣医師国家試験《じゅういしこっかしけん》に合格《ごうかく》して獣医《じゅうい》さんになりました。

そのご、チイちゃんの毎日《まいにち》は大《おお》いそがし！　動物病院《どうぶつびょういん》ではたらくチイちゃん先生《せんせい》の診察室《しんさつしつ》には、今日《きょう》も飼《か》い主《ぬし》さんが犬《いぬ》をつれてやってきます。

でもここにくる犬《いぬ》は、病気《びょうき》やケガでおとずれるのではありません。

ここにくるおおくの犬《いぬ》が、チイちゃん先生《せんせい》がアメリカでであったマルのように、飼《か》い主《ぬし》さんをかむ犬《いぬ》です。

チイちゃん先生《せんせい》は犬《いぬ》やネコの病気《びょうき》を治療《ちりょう》する獣医《じゅうい》さんではなく、飼《か》い主《ぬし》さんをかんだり、攻撃《こうげき》したりする犬《いぬ》の「行動《こうどう》」を治療《ちりょう》する獣医《じゅうい》さんになったのです。

その日《ひ》、はじめてチイちゃん先生《せんせい》の診察室《しんさつしつ》をたずねたのは、柴犬《しばいぬ》の小太郎《こたろう》です。

「小太郎《こたろう》くんは、さんぽに行《い》くとき首輪《くびわ》をつけようとすると、かみつくんですね？」

チイちゃん先生《せんせい》は、飼《か》い主《ぬし》さんにかいてもらった質問票《しつもんひょう》を見《み》ながら飼《か》い主《ぬし》さんにていねいに話《はなし》をききます。

見《み》ると、飼《か》い主《ぬし》さんは左手《ひだりて》に包帯《ほうたい》をまいています。

「首輪《くびわ》をつけるとき、耳《みみ》をふせてにげまわったのですが、なんとかつかまえて首《くび》をさわったら、思《おも》いきりかまれてしまって……手《て》を大《おお》けが

したので、救急車《きゅうきゅうしゃ》をよびました……」
チイちゃん先生《せんせい》は「まただ……」と思《おも》いました。
自分《じぶん》の犬《いぬ》にかまれて救急車《きゅうきゅうしゃ》をよぶほど大《おお》ケガをした飼《か》い主《ぬし》さんが
ほかにも大《おお》ぜいいたからです。家族《かぞく》ではどうすることもできず、つい
にチイちゃん先生《せんせい》の診察室《しんさつしつ》にやってくるというわけです。
チイちゃん先生《せんせい》は、そうなるまえに診察《しんさつ》にきてほしかったなあと、
そのたびに思《おも》っていました。
「動画《どうが》はありますか？」
チイちゃん先生《せんせい》が言《い》うと、飼《か》い主《ぬし》さんがスマートフォンをさしだし
て動画《どうが》を再生《さいせい》しました。診察《しんさつ》の予約《よやく》のときに、かみそうなときの動画《どうが》
を撮影《さつえい》するよう、飼《か》い主《ぬし》さんにまえもっておねがいしてあったのです。

その動画《どうが》があれば、「いつ」「どんなとき」にかみそうになるのか、また、そのまえとあとの小太郎《こたろう》のようすをしることができます。

犬《いぬ》ならシッポが下《さ》がっているか、耳《みみ》がうしろにたおれているか、せなかの毛《け》が逆《さか》だっているか「動物《どうぶつ》の行動《こうどう》」をたくさんまなび、研究《けんきゅう》してきたチイちゃん先生《せんせい》は、犬《いぬ》の行動《こうどう》のわずかなサインも見《み》のがさず、みることができるのです。

チイちゃん先生《せんせい》の診察室《しんさつしつ》にやってくる飼《か》い主《ぬし》さんはみな、とてもねっしんで、チイちゃん先生《せんせい》の言《い》うことをいっしょうけんめいにきいてくれます。

飼《か》い主《ぬし》さんのなかには、犬《いぬ》が人《ひと》をかんだとたん「犬《いぬ》がわるい」ときめつけ、犬《いぬ》をすててしまったり、「いらない」と言《い》って保健所《ほけんじょ》にひきとってもらったりする飼《か》い主《ぬし》さんもいるのです。

でも、ここにくる飼《か》い主《ぬし》さんは、けっして自分《じぶん》の犬《いぬ》がわるいときめつけず、その子《こ》が「かむ原因《げんいん》」をしって、きちんとなおしたいと思《おも》う、やさしい飼《か》い主《ぬし》さんばかり――。

チイちゃん先生《せんせい》は、飼《か》い主《ぬし》さんが、犬《いぬ》と毎日《まいにち》笑顔《えがお》でくらせるよう、できるだけ力《ちから》になりたいと思《おも》っていました。

「家族《かぞく》のみなさんが、バラバラのルールで小太郎《こたろう》くんとせっしていませんか？　そのため、小太郎《こたろう》くんは、なにがただしくて、なにがまちがっているのかわからずこんらんしている可能性《かのうせい》があります。それから小太郎《こたろう》くんは、飼《か》い主《ぬし》さんの手《て》をこわがっているようですね」

それをきいた小太郎《こたろう》の飼《か》い主《ぬし》さんはうなずきながら「かむのは、わたしたちが小太郎《こたろう》をこんらんさせたせいなんですね」と小《ちい》さな声《こえ》で言《い》いました。

それはとおいむかし、マロンにかまれたチイちゃん先生《せんせい》がかんじた気《き》もちとおなじでした。

「たいせつなのは、まず、家族《かぞく》のみなさんでおなじように小太郎《こたろう》くんにせっし、おなじルールですごすこと。おなじことをしているのに、お父《とう》さんにはあたまをなでてもらって、お母《かあ》さんにはダメ！　と言《い》われたら、犬《いぬ》もあたまがこんがらがっちゃうんですよ……」

「どうすれば、いいんでしょう？」

「まず、かむからと言《い》って、たたく、なぐるなどの体罰《たいばつ》は絶対《ぜったい》にダメです！」

飼《か》い主《ぬし》さんに言《い》うと、チイちゃん先生《せんせい》は、トレーニングのお手本《てほん》をしめすことにしました。

おしえて！ チイちゃん先生《せんせい》！
こわがりで、かむ犬《いぬ》のトレーニングって
どうするの？

〈準備《じゅんび》するもの〉

・犬《いぬ》を入《い》れるサークル（かまれないようにするため）

・ごほうびとなるおやつ

① トレーニングのときは、犬《いぬ》をサークルのなかに入《い》れる。

家族《かぞく》みんなでおなじルールで犬《いぬ》とせっすることを、きちんと話《はな》しあう。

②　まず、名前《なまえ》をよんで、こちらを見《み》たら、「いい子《こ》」とほめて、小《ちい》さなごほうびをサークルのなかにほうりなげる（犬《いぬ》にかまれないため）。

③　②を何度《なんど》もくりかえし、「いい子《こ》」＝「いいこと」がおこる（おやつ）」と犬《いぬ》に勉強《べんきょう》してもらう。

④つぎはおなじ方法《ほうほう》で、「おすわり」などの指示《しじ》をだして、トレーニングをおこなう。

⑤かんたんなトレーニングが上手《じょうず》にできたら、犬《いぬ》のからだのふれてもイヤがらないところに「タッチ」と言《い》いながらさわって、イヤがったりおこったりしなければ「いい子《こ》」と言《い》って、おやつをあたえる。

⑥いちばんにがてなところ以外《いがい》、なでられるようになったら、さわってかまれるところ（小太郎《こたろう》の場合《ばあい》は首《くび》まわり）で、⑤とおなじトレーニングをする。

まず一瞬《いっしゅん》の「タッチ」からはじめて、さわってもおこったり、うなったりしなければ、成功《せいこう》。

成功《せいこう》ごとに「いい子《こ》」と言《い》って「おやつ」をあげる。

すこしでも、かみそうになったり、うなったりするのであれば、トレーニングは中止《ちゅうし》して獣医《じゅうい》さんにそうだんしよう。犬《いぬ》がイヤがるようであれば、トレーニングをむりにつづけてはいけない。

このトレーニングは、おやつをつかって、こちらの指示《しじ》をきちんときくことができたら、ほめておやつをあげる、という方法《ほうほう》。

〈ポイント〉

●「上手《じょうず》にできた」ら、1秒以内《びょういない》にすぐにほめて、すぐにおやつをあげること。

●けっしてルールを変《か》えず、毎日《まいにち》、おなじことを根気《こんき》よくくりかえすこと。

●犬《いぬ》があきるまえにトレーニングをおえて、時間《じかん》をおいてから何度《なんど》もくりかえすこと。

●けっして犬《いぬ》をたたいたり、こわがらせたりすることはしないこと。

「つぎの診察《しんさつ》の日《ひ》まで、このトレーニングをつづけて、そのようすを動画《どうが》にとってきてください」

小太郎《こたろう》の飼《か》い主《ぬし》さんが、チイちゃん先生《せんせい》の話《はなし》をしんけんにききながら、大《おお》きくうなずきました。

小太郎《こたろう》のように、飼《か》い主《ぬし》さんにとって「こまった行動《こうどう》をおこす犬《いぬ》」を「なかよくできる犬《いぬ》」にするためには、飼《か》い主《ぬし》さんがまず犬《いぬ》の気《き》もちをかんがえ、犬《いぬ》となかよくしたいと努力《どりょく》することがたいせつなのです。犬《いぬ》は話《はなし》ができません。自分《じぶん》の気《き》もちをことばでつたえることができません。

家族《かぞく》のみんなが、バラバラのルールで犬《いぬ》とせっしていたり、人間《にんげん》のつごうでたたいたりしては、犬《いぬ》はとても不安《ふあん》になります。飼《か》い主《ぬし》さんのことをしんじられなくなります。

おおくの原因《げんいん》は、わたしたち人間《にんげん》にあるのです。

今《いま》のチイちゃん先生《せんせい》なら、ポチやマロン、マルを「かみつき犬《いぬ》」から「人間《にんげん》となかよくできる犬《いぬ》」にかえることができたでしょう。


チイちゃん先生《せんせい》は今《いま》でも、マロンにかまれた日《ひ》のことをはっきりとおぼえています。

あの日《ひ》、チイちゃん先生《せんせい》は、なきながら、マロンにあやまりました。


〝マロンがかんだのは、きっと自分《じぶん》が、マロンのイヤがることをしたからだ！〟

いつもあいての気《き》もちをかんがえる心《こころ》があれば、「人間《にんげん》と動物《どうぶつ》」「人間《にんげん》と人間《にんげん》」は、ケンカせず、もっと、もっと、なかよくなれるはず──。

チイちゃん先生《せんせい》は、すべての飼《か》い主《ぬし》さんに、そんな「やさしい心《こころ》」をもってほしいとねがっています。

あの日《ひ》から、50年《ねん》の月日《つきひ》がすぎていました──。

（おわり）

作者　今西乃子（いまにし　のりこ）

一九六五年、大阪府岸和田市生まれ。日本児童文学者協会会員。

児童書のノンフィクションを手がけるかたわら、小・中学校などで「命の授業」を展開。

『ドッグ・シェルター』（金の星社）で第36回日本児童文学者協会新人賞を受賞。

著書に『犬たちをおくる日』（金の星社）、『命のバトンタッチ』『しあわせのバトンタッチ』『捨て犬・未来とどうぶつのお医者さん』『ゆれるシッポの子犬・きらら』『捨て犬・未来、しあわせの足あと』（岩崎書店）などがある。

公益財団法人 日本動物愛護協会常任理事。特定非営利活動法人 動物愛護社会化推進協会理事。

ホームページ https://www.noriyakko.com

画家　あたちたち

イラストレーター・漫画家。わんこが大好きでわんこばかり描いている。

Xで公開していた漫画やイラストを新たに編集した電子版『しばいぬのあたちたち①〜④』を配信中。YAHOO　CREATORS／LINE　STAMP等でも活動。

ホームページ https://www.atachitachi.com
X　@atachitachi

犬にかまれたチイちゃん、動物のおいしゃさんになる

2024年7月31日　第1刷発行

作者　今西乃子
画家　あたちたち

発行者　小松崎敬子
発行所　株式会社 岩崎書店
〒112-0005　東京都文京区水道1-9-2
電話　03-3812-9131（営業）
03-3813-5526（編集）
印刷所　株式会社光陽メディア
製本所　株式会社若林製本工場
表紙デザイン　山田 武
NDC913　Published by IWASAKI Publishing Co.,Ltd.　Printed in Japan

ISBN978-4-265-07270-5

ご意見・ご感想をおまちしています。
E-mail：info@iwasakishoten.co.jp
岩崎書店ホームページ
https://www.iwasakishoten.co.jp

低学年
中学年
向き

今西乃子の本

＜中学年から＞

- ゆれるシッポの子犬・きらら
- 子犬のきららと捨て犬・未来
  まあるい、まあるい、ふたつのシッポ
- ねだんのつかない子犬・きららのいのち
- 子犬のきららと捨て犬・未来
  ゆれるシッポ、ふんじゃった！

＜低学年から＞

- かがやけいのち！ みらいちゃん　（絵・ひろみちいと）
- 子うしのきんじろう いのちにありがとう
  （絵・ひろみちいと）

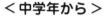